Elisabeth Hofbauer

Zuckerl für's Gmüat

Herzbinkilein –
und andere Gedichte

Verleger, Herausgeber und
für den Inhalt verantwortlich:
Elisabeth Hofbauer
Zwettlerstraße 245/2/9
3970 Weitra
Tel.: 02856/2400

Texte: Elisabeth Hofbauer

Gestaltung: Elisabeth Hofbauer

Druck: Ing. Christian Janetschek,
3860 Heidenreichstein

1. Auflage 2009
ISBN 978-3-9502579-1-5

Die Herausgeberin dankt den angeführten Institutionen für Ihren finanziellen Beitrag oder Ihre sonstige Förderung:

Raiffeisenbank 3970 Weitra
Sparkasse Waldviertel Mitte 3970 Weitra
Stadtgemeinde Weitra

Buchbestellungen unter:
Elisabeth Hofbauer
Tel.: 02856/2400

Inhalt

Vorwort 5

Herzbinkigedichte

Zuckerl für's Gmüat 7
Deine Liab is wia a Wunder 8
Dir z'liab 9
Råndevous am Sterndal 10
Herzerl in de Aug'n 12
Gern – haben 13
A Tram 14
Schlåfprobleme 16
A Gels'n 18
Frühstück 20
I bin dich g'wöhnt 22
Weil i di måg 23
Wås soll i heut' nur koch'n? 24
Wås ist mit dir heut' los? 26
I kenn' dich in – und auswendig 27
Telefonitis 28
Hochzeitståg 30
Stell' dir amol vor – 31
Wås i mit dir åll's tuan will 32

Für ålle Tåg

s'Glück ist wia a Vogerl 34
Die Zeit 35

Am Bankerl beim See 36
s' Mauserl 38
Die Schnecke 40
Der Grandscherm 42
Mit mir alloa 43
Über's Älter werden 44
G'wisse Tåg 46
Reiß ma der Welt de Haxn aus 47
Hoffnung 48
Wia geht's dir? 49
Die Bazill'n 50
Oan Tåg laung 51
Aun der Leine 52
Spuren von dir 53
Stress 54

I bin i

I bin i 56
I woaß, wås i wüll! 57
I denk' mir a Welt 58
I wär' gern a Wolkerl 59
Du brauchst Flüg'l 60
I hob des G'fühl 61
Waunn's so war 62
Dahoam ist dahoam 63

Über die Autorin 64

Vorwort

„Zuckerl für's Gmüat" ist ein Gedichtband fürs Herz. Heitere Gedichte und kleine Verse über Beziehungen und den Alltag, die auch ein wenig zum Nachdenken anregen sollen.

Es ist mir eine besondere Freude, mit unserer ausdrucksvollen Mundartsprache zu reimen und zu gestalten. In diesem Band habe ich versucht, Mundart gut lesbar zu schreiben. Ich wollte es dem Leser möglichst einfach machen, sich mit diesem Lesestoff „daboam" zu fühlen. So manche meiner gereimten Gedanken werden Ihnen vielleicht vertraut vorkommen und wohl auch so manche Situation.

Danke:

Meinem speziellen Herzbinkilein für seine Liebe und Unterstützung.

Meiner Familie und meinen Freundinnen, die immer mit Rat und Tat für mich „da" sind. Auch ein paar guten Geistern, auf deren Hilfe ich bei technischen – und Rechtschreibfragen stets zählen kann.

Nicht zuletzt auch meinen Leserinnen und Lesern, die mir durch viel positive Reflektion Mut für dieses Buch gemacht haben.

Zuckerl für's Gmüat

I wünsch' dir jed'n Tåg –
a Zuckerl für's Gmüat
damit's a guater Tåg wird,
recht g'schmackig und bunt
für dein Herzerl recht g'sund,
denn – so manch' schönen Moment
krieagst oft sogår g'schenkt.

Die kloan Dinge im Leb'n
die mir so oft überseh'n.
Wia a Bleamerl am Weg
s'kloane Bacherl unter'm Steg,
a Kindl wås lacht
de frische Semml – wås kracht,
a guat's Ess'n zum Schmaus'n
der frische Guglhupf zur Jaus'n,
s'Kerzerl wås breinnt
de Sunn – waunn sie scheint.

Die kloan Dinge im Leb'n
können uns oft soviel geb'n,
san wia Zuckerl für's Gmüat
damit's a guater Tag wird!

Deine Liab is wia a Wunder

Deine Liab is wia a Wunder
låßt mi singen und a rean,
låßt mi jauchz'n ålle Tåg
und mi zum glücklichsten Mensch'n wern.

Auf amol håb i a paar Flügl
kaunn damit flieg'n – gaunz hoch hinaus,
i schweb mit dir auf Wolke sieben
mir denken sich wås gaunz Schön's aus.

I nimm' di mit in meine Tram
flieag mit dir – wohin du wüllst,
und waunn i wieder hoamwärts kam
de Hauptsåch' war, das'd bei mir bist.

Hålt mi fest und druck mi zuwa
ohne di war i verlorn,
i fühl mi nimmermehr nur hålbert
bin durch di a Gaunzes woarn.

So a Liab ist wia a Wunder
gibt oan Flügl – gibt oan Glück,
und wås'd aun Liab herschenka tuast
kimmt tausendfach zu dir daunn zrück!

Dir z'liab

Dir z'liab bin i heut bei dir
i dei Liab so richtig g'spür',
dir z'liab hör' i dir gern zua
weil zum Denka hätt' i selber gnua,
und woaßt – warum i so manchmål
hupf über mein Schått'n?
Dir z'liab – du håst es erråt'n.

Oans woaß i g'wiß,
dass bei uns –
dir z'liab und mir z'liab
im Grunde s'Gleiche is!

Råndevous am Sterndal

Der Mond scheint und sein friedlich's Liacht
schickt er uns auf die Erd'n,
wo i mit dir umschlungen siach
am Himmel soviel Sterndaln.

Geh' tua mit mir de Sterndal zöhl'n
de wås då ob'n steingan,
gråd heit san de so groß und schön
bevor's wieder vergeingan.

Jetzt suach ma si an gaunz B'sondern aus
er wird unser Liab begleiten,
soll sein bei uns tagein, tagaus
in uns'ren Liebeszeiten.

A großer Schöner blinkt uns zua
åls möcht' er uns gråd såg'n,
kemmt's zu mir aufa – is Plåtz gnua
trefft's euch bei mir herob'n.

Und waunn ma net beinaunder san
schaun mir auf unser Sterndal,
i denk aun di – und du aun mi
knüpf von mir zu dir a Banderl.

Jeden Abend um a g'wisse Zeit
san mir in Gedanken dort hoch ob'n,
wo i dir såg – wia i di måg
und des ist g'wiß net g'logn!

Herzerl in de Aug'n

I kaunns eigentlich net glaub'n
Herzerl håb i in de Aug'n.
Kribbeln tuat's von Kopf bis Fuaß
i bin voll auf Liebeskurs,
und schwör'n tua i dir's auch
Brausestäbchen explodiern im Bauch.
Sterndal siach i schon bei Tåg
weil i di so narrisch måg,
du bist gråd mein Gegenpol
bei dir fühl' i mi oahfach wohl.
Außerdem kimmt's ma a so vor
åls wärst mein hoaßer Thermaphor,
des Pendl bist für mein Herz
heilst mein gaunz'n Seelenschmerz.
Häl'st besetzt mein Herz – mein Kopf
du bist der Deck'l für mein Topf,
schwindlich bin i voller Glück
håb g'fundn in dir mei Gegenstück.
Wia Baldrian für de Kåtz
bist du für mi – mei liaber Schåtz,
und weil i di hålt soviel måg
wüll i di g'spürn jed'n Tåg.
Und reinat's nimmermehr so rund
då tät i leid'n wia a Hund!

Gern - haben

He Du – i möcht' so gern
von Dir hör'n –
„I håb di gern"!

I woaß jå eh
das'd mi mågst -
a waunnst nix sågst.

Aber waunnst nia sågst
das'd mi mågst – jå daunn
kaunnst mi gernhab'n!

A Tram

Von dir håb i heut Nåcht går tramt
nur woaß i nix mehr g'naus,
kunnt sein, i håb då wås versamt
i kenn mi heit kaum aus.

Du håst ma ållaweil scho g'fålln
es kimmt ma går in Sinn,
das i mit dir in meinem Tram
spazieren gaungen bin.

Arm in Arm und gaunz verlieabt
fållt mir jetzt wieder ei(n),
durch'n Wåld wo d'Vogerl gsunga haum
es woar hålt soviel schei(n).

Daunn haum mir uns a Platzerl g'suacht
wo's gaunz stad und lauschig woar,
und haum uns zu an Bam hing'hockt
d'Sunn håt g'scheint sogår.

Hoaß ist d'Liab jetzt aufgstieg'n
håb's g'spürt schon überåll,
håt kribbelt überåll de Haut
bis zu de Zech'n vorn sogår.

Gråd wia i di recht drucka wüll
und a Busserl geben möcht',
der Zeitpunkt hätt' schon richtig passt
doch des Platzerl woar net recht.

Ob's wirklich d'Liab jetzt woar
des woaß i net genau,
weil g'sessn san mir ålle zwoa
auf an groß'n Ameisenbau.

Schlåfprobleme

Gaunz miad drah i im Bett mi um
mit'n Schlåf'n wird's heit nix,
schon båld ist a de Nåcht herum
des ist heit wia verflixt.

Neb'n mir do schnårcht de gaunze Nåcht
mein Herzebinkilein,
und i håb unfreiwillig g'wåcht
im schwåchen Mondenschein.

De Nås'n håb i eahm zua g'halten
er woar auf amol stumm,
då håb is mit der Angst z'tuan krieagt
i kunnt eam bringa um.

Nåch Luft håt er daunn kräftig g'schnåppt
und ist noch lauter woarn,
håt dazua mit de Zähn'd noch knirscht
und i woar gaunz verlorn.

So etlich's håb i daunn probiert
des Nächtens unterdessen,
er håt oahfach weiter g'schnårcht
jetzt woar i g'scheit aung'fressn.

A so a rücksichtsloser Mau(nn)
der denkt jå überhaupt net drau(n),
das i bei seiner Schnårcherei
absolut net schlåf'n kau(n).

Als a ein Rempler nix mehr nutzt
då hätt i so im Sinn,
i bausch eahm an Polster übern Kopf
eahm s'Leben doch noch nimm.

I schreck' mi selber über mi
bin sonst net agressiv,
åber waunn mi wer net schlåf'n låsst
des stört mi gaunz massiv.

Auf amol ratscht der Wecker
de Nåcht – sie ist vorbei,
aus'n Bett hupft mein Herzbinkilein
und beschwert sich a no glei.

Er sågt: „Mein lieabstes Eheweib
koan Schlåf håb i daroacht,
koa Aug' håb i heut zuag'måcht
weil du håst so furchtbår g'schnårcht!

A Gels'n

*I schlåf då stad im Bett
gaunz friedlich letzte Nåcht,
då bin i durch a Surren
beim Ohrwaschl aufg'wåcht,
z'erscht wår i noch gaunz damisch
håb net g'wißt – wås los jetzt ist,
då kimm i drauf, im Zimmer
is so a flieagert's Biest.*

*Jetzt håb i hålt des Lieacht aufdraht
den Flieg'npracker mir g'holt,
und håb durch's gaunze Zimmer
die Gels'n gleich verfolgt,
anscheinend wår de schlauer
und håt sich guat versteckt,
so viel wia i a g'suacht håb
sie woar auf amol weg.*

*Also håb i mich in's Bett g'legt
und s'Liacht gaunz schnell obdraht,
die Aug'n zuag'måcht – doch leider
summt's beim aunder'n Ohr – a'grad,
jetzt wår i åber sauer
des Viech den Schlåf mir stühlt,
weck gleich mein Herzibinki –
jetzt wår der a noch wüld.*

Zu zweit haum mir daunn blås'n
zum großen Hallerli,
s'Herzbinki mit der Zeitung
mit'n Flieg'npracker i,
die Federn richtig g'flogn san
der Gels'n håt's nix g'mâcht,
je mehr mir uns jetzt plågt haum
um so mehr håt's uns ausg'lâcht.

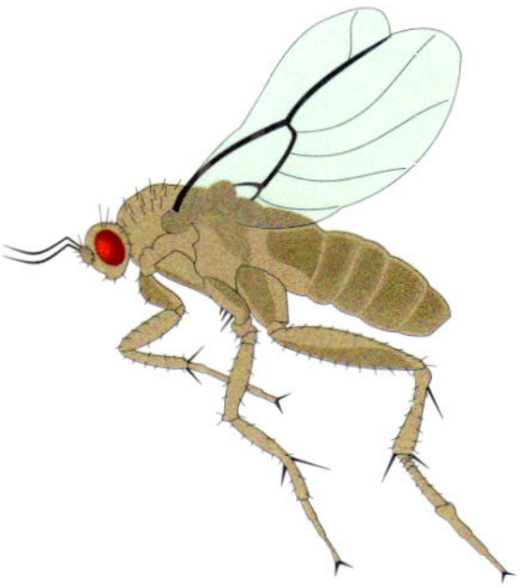

Wia i derwisch mit'n Pracka
s'Herzbinkilein zuletzt
då kunnt i schwör'n –
wår sogår die Gels'n gaunz entsetzt.

Zum Schluß haum mir die Gels'n
gaunz ohne G'wålt verlor'n
die ist vor lauter Låcha
an Herzinfakt daunn g'storbn!

Frühstück

I schlåg d'Augn auf in da Friah
wås muaß i då entdecken,
mein Herzbinki liegt nimmer neb'n mir –
genüsslich tua i mi streck'n.

Auf amol waht a schwåcher Duft
vobei an meiner Nås'n,
des rieacht guat – jå meiner Seel
i kaunn des går net fåss'n.

Der Duft – er lockt mi går so viel
sofort bin i putzmunter,
hupf voller Schwung aus meinem Bett
schleich d'Stiagn leis' hinunter.

Då sitzt mein Herzibinkilein
jå schon in meiner Kuchl,
håt's Kaffeehäferl in oaner Haund
in der aundern a frische Wuchtl.

Voll Freid hol i mein Häferl her
und setz mi a glei nieder,
doch Kaffeekaund'l – de is leer
und des is grauslich zwida.

*Jetzt hätt' i hålt an Gusta
s'Wasser rinnt im Mund mir zaum
auf so a frische Wuchtl
i mechat so gern oane haum*

*Doch wia i gleing in Dos'n
då schau i wirklich bled,
weil i greif glått ins Leere
und wieder kimm i z'spät.*

*Mein Herzbinkilein
ist gråd beim letzt'n Biss'n,
er schwoabt mit'n Rest vom Kaffee nåch
ist des net zum Verdrieaß'n?*

*I schwör' – i koch eahm heite nix
i låß eahm glått verhungern,
g'scheit sauer bin i jetzt auf eahm
der wird sich heut noch wundern.*

*Då sågt er: „Nau, mein Schatzilein
håt's Fruahstück dir heit g'schmeckt?
I håb ma denkt – måch dir a Freid
und håb dir's g'richt beim Bett!*

I bin dich g'wöhnt

I bin dich g'wöhnt –
wia meine Hausschlapf'n,
die i ållerweil irgendwo suach'.

I kenn' dich genau so guat –
wia mein Kaffeehäferl,
des wås jeden Tåg mit mir frühstückt.

Du bist mir so vertraut –
wia mein Kopfpolster,
den i jede Nacht obknudd'l.

I woaß, das meine Hausschlapf'n,
mein Kaffeehäferl und mein Kopfpolster,
ohne dich nur die Hälfte wert wär'n.

Hie und då åber, bin i dich a g'wöhnt
wia den Schnupf'n –
der mich zwoa Mål im Joahr plågt.

Weil i di måg

Manchmål gehst mir auf de Nerven
håb i di so richtig sått,
dein Glück is – das i tiaf drinnen
di noch immer so gern måg.

Weil i hätt daunn richtig Lust drauf -
deine Hoar dir auszureißen,
di mit Worten zu beschmeißen
deine Aug'n dir auszukråtzen
einzuzwicken deine Pråtzen.
Zum Schluß könnt' i di
daunn noch zerreißen
auf lauter winzig kloane Futzerl
und in d'Luft di oahfåch schmeißen.

Dein Glück is – wia i dir såg
weil i di noch immer måg!

Wås soll i heut nur koch'n?

Wås soll i heut' nur koch'n
ist jeden Tåg die Fråg,
des is net wirklich oahfach
jeder wås aunders måg.

Fråg i mein Herzibinki
das kaunn i mir gleich spår'n,
weil der sågt höchstens zu mir:
„So koch' hålt irg'nd an Schmårr'n".

Koch' i den åber wirklich
daunn ist's jå a net recht,
weil von an guat'n Schmårr'n
wird meiner Tochter schlecht.

Sie tuat nur Kalorien zähl'n
weil zuanehma will's net,
und will jå nur Gemüse
wås aunders ißt's går net.

Dünst' i daunn a Gemüse
krieag i mit'n Buam a G'frett,
der braucht – sågt er, was „G'scheiter's"
am lieabsten nur Kotlett.

Bråt' i an Berg Kotlett'n
meckert der Opapa,
weil mit seine Fålsch'n
tuat er sich beim Beißen schwa.

Die „Größte" ist die Oma
ist wurscht wås i ihr koch',
weil - sie kochat jå viel besser
als i das jemals måch.

A jeder wüll guat ess'n
nur ist's mir schön laungsam z'bled,
weil leider Gottes – jeder
was auders drunter versteht.

In Zukunft fråg' i gar koan
das håb' i jetzt åb'checkt,
i koch' am g'scheiter'n des nur
wås mir am best'n schmeckt!

Wås ist mit dir heut los?

Geh' såg ma, wås ist mit dir heut' los
warum bist går so grantig,
wås hätt i dir denn g'taun
das'd zu mir bist so hamtig?
Ist dir denn går a kloane Laus
über de Leber g'laufn,
oder håst jetzt går aung'faungt
hoamlich z'viel zan sauf'n.
Du foahrst als wia a Riadlbes'n
über meine Seele,
und hupfst ma – waunn i net aufpaß'
aun an Håls, aun meine Kehle.
I wissat net – gaunz ehrlich g'sågt
wås i håb geg'n di verbrocha,
und waunnst so teppert weitertuast
håst bei mir nix mehr z'lâcha.
I bin – gaunz grob g'sågt
auf dich jetzt g'scheit aungfressn,
probier'n ma, vielleicht morg'n zan Red'n
weil heut kaunnst mi vergess'n!

I kenn' dich in – und auswendig

I kenn' dich in – und auswendig
weil mir schon a hålbe Ewigkeit
beinaunder san,
sogår deine Gedanken –
weil's zum Teil meine g'wordn san,
i woaß – wias'd schaust
waunnst mi aunschwindelst,
i siach deine Stielaug'n
waunnst an jung'n Mäd'l nåchschaust
und låch mir hoamlich oans –
weil i deine Tram –
a die gaunz geheimen, so guat kenn.

Då kimmt ma in Sinn –
das wahrscheinlich umkehrt
a desselbe ist.

Telefonitis

Wia i letztens telefonier'
knotzt mein Herzbinki hinter mir,
gmüatlich auf seiner Ottoman
hört er das Gespräch mit an,
weil – er muaß jå kontrolliern –
unser Telefonrechnung könnt' explodier'n.

Zerscht hockt er dort gaunz entspannt
und fixiert mich unverwandt,
nach zehn Minuten ändert sich's schnö (schnell)
da hauts in Puls eahm in die Höh',
i versuch's zum Ignorier'n
doch i kaunn seine Blicke g'spür'n.

Mit der Uhr in der Haund
durchbohrt er mit de Aug'n mein G'waund,
derweil i s'Wichtigste ob'red
wird's mein Herzbinki a schon z'bled
schau i eahm daunn moast aufs Hirn
wirft er schon Fålten auf der Stirn.

Heut kunnt ihn auf'n Mond raufschieß'n
zum Aufhör'n tuat er mich bemieaß'n
und nåch zirka oaner Stund
wird's mir wirklich daunn zu bunt,
i schmeiß den Hörer auf die Gåbe'l
und halt beleidigt meinen Schnåb'l.

Scheinheilig mei Herzbinki frågt
was mich denn jetzt auf amol plågt,
weil – er håt jå gar nichts g'sågt!

Hochzeitståg

Wir hab'n heut unsern Hochzeitståg
s' Herzbinkilein und i(ch),
er druckt mi gaunz fest zuwa
mit seine Oarm umfaungt er mi(ch).
I wårt schon, wås als nächstens kimmt
und g'frei mi richtig drauf,
und des Morgenstunde Schicksål
nimmt so seinen Lauf.
Er gibt mir a fest's Bussl
schmatzt mi so wia früher ob,
herzt und druckt mi gaunz verruckt
haucht zärtlich mir ins Ohr. –
Er sågt: „Mei liabes Schatzerl
heut auf unsern Hochzeitståg,
gell – då kochst uns gaunz wås Guats
Schweinsbråtn mit Knödl und Krautsålåt.

Stell dir amol vor –

Stell' dir nur amol vor
du wärst gaunz alloa,
du hätt'st mich net g'fundn
oder i wär verschwund'n.
Mit der Zeit bist sicher draufkemma
i woar schon zum Nehma
weil i håb auf dich g'schaut
dir dein Leb'n net versaut.
I woaß – du gibst mich nimmer her
dein Leb'n wär sonst leer.

Stell' dir nur amol vor.....
Wås wär bloß ohne mir
g'worden aus dir?

I stell' mir amol vor
i wär' gaunz alloa,
i hätt' dich net g'fundn....

I stell' mir amol vor.....
Wås wär bloß ohne dir
g'worden aus mir?

Wås i mit dir åll's tuan will

Singen möcht' i mit dir
am liabsten älle Tåg,
mit de Vogerl um d'Wett
weil i di hålt so gern måg.

Låchen möcht' i mit dir
von Herz'n locha,
so richtig z'kugeln
und Blödsinn mocha.

Rean möcht'i mit dir
waunns da amol schlecht geht,
ma håt selten wen zum Rean
oba es is nia z'spät.

Geh' möcht' i mit dir
a de stoanigen Weg,
waunnst mi fest bei der Haund nimmst
gibt's koan brüchigen Steg.

Tanzen möcht'i mit dir
in Himmel eini,
fest umschlungen
weil du bist der „Meini".

Red'n möcht' i mit dir
über d'Liab,
und åll's wås wichtig ist
wås vielleicht später wird.

Schweig'n möcht' i mit dir
koa unnötig's Wort mehr verlier'n,
wo ma koane Wort mehr braucht
muaß ma tiaf im Herzen g'spürn!

s'Glück ist wia a Vogerl

s'Glück ist wia a Vogerl
håb i amol g'hört,
und der Vergleich
ist wirklich net verkehrt.

Genau wia a Vogerl
tuat des Glück
ållerweil waundern,
es flieagt amol zu dir
daunn zu an aundern.

Du kaunnst es net hålten
a wenn'st es gern möchst,
s'Glück sich net wirklich
festhalten lässt.

So muaß ma begreifen
s'Glück und a Vogerl
tuan oan oft wås pfeifen.

Glück findest du meist
in den oafåchen Dingen,
daunn bringt's unser Herz
wia a Vogerl zum Singen.

Die Zeit

*Waunn das ålte Joahr vergeht
vor der Tür das Neue steht,
frågt man sich oftmals daunn fürwåhr
wohin verflieagt so Joahr um Joahr?
Man sinniert so hin und her
wie das daunn mit der Zeit so wär'?
Denn håt a Woch'n aung'faungen
ist sie gleich wieder vergaungen.
Selbst a Monat flieagt – man glaubt es kaum
vorbei åls wia a schneller Traum,
und so ist's a mit an neichn Joahr
kaum hot's aung'faungt – ist's schon goar.*

*Man håt hålt manchesmål des G'fühl
die Zeit ist z'kurz – und des viel z'viel,
håt man daunn endlich Zeit gefund'n
ist die gleich wieder schnell verschwund'n,
oft tuat man daunn so resümier'n
die Zeit kaunn man sogar verlier'n.*

*Man kaunn Zeit nutz'n oder vertoa
doch oans ist kloar –
letztendlich hoaßt's ållerweil nur „es woar!"*

Am Bankerl beim See

I sitz am Bankerl beim See
und sinnier vor mich hin.
Die Fischerl hupfan in d'Höh
und mir kimmt so in Sinn,
das jetzt so auf d'Nåcht
wo's so stad schon wird
am schönsten då is –
sich da Himmel auskieart.

Koa Lüfterl i g'spür,
de woarme Sunn auf da Haut
des Wåsser im See
is so woach und so glått.
Neman Bankerl
wo i jetzt draufsitzn tua
steht a riesiger Bam
do winkan de Blattl mir zua.
In den Stamm von dem Bam
san zwoa Herzerl eingschnitzt,
de håt vor launger Zeit
a Bua für sei Madl eingritzt.

Beim Bankerl am See
då verändert si nix,
rundherum soviel sche
ist schon ållerweil so g'west.
Nur auf den Bankerl san g'sessn
friacher aundere Leit,
haum auf d'Zeit a vergessn –
so wia i gråd heit.

Aber jetzt fållt schen laungsam
de Sunn in den See
und für mi wird's jetzt Zeit
das i hoam wieder geh!

s'Mauserl

In unser'm Keller wohnt a Maus
a gaunz a kloanes Dingerl,
de buscht dort ungeniert ein und aus
und kennt a jedes Winkerl.

Für des Mauserl is unser Keller jå
des reinste Paradies,
Speck und Kas gibt's ollaweil då
und s'wohna ist net mies.

Verstecka kaunn sa si recht guat
hinter Kohl'n und Marmelad,
das koaner sie erwischen tuat
und es wird ihr a net fad.

Sie kennt a schon de Mausefåll'n
de wås ma ihr tat richt'n,
so bled is net und wird sie hol'n
wås ihr s'Leben kunnt vernicht'n.

Då ist doch letztens Nåchbars Kåtz
de ålte Fette kemma,
håt unser Mauserl – ratzefatz
z'toa g'håbt zan wegreinna.

Ist g'saust åls wia a Wirbelwind
zur nächst' versteckt'n Lucka,
die Kåtz – de woar hålt doch recht g'schwind
faungt s'Mauserl mit an Rucka.

Mich hätt's net g'stört, de kloane Maus
mit ihre Knopferlaug'n,
aber Kåtz håt g'måcht ihr den Garaus
ihr tuat de Mahlzeit taug'n.

So ist es hålt auf derer Erd'
von jeher schon so g'wesn
oft denkt ma - s'wär verkehrt
waunn de Kloan wern - von de Groß'n g'fressn!

Die Schnecke

I sitz in mein Gårten
denk so drüber nåch
ob i heut im Gårten
noch irgendwås måch'.

Die Sunn geht schon unter
die Vogerl san stüll,
und i schau an Schneck zua
wohin der jetzt wüll.
Då siach i –
der steuert pfeilgråd
auf mein Beet'l zua –
voller Sålåt.
Des ist mir net wurscht
denn es stellt sich die Fråg',
wås måch' i mit'n Schneck'
und wer kriagt den Sålåt?
Låß ich dem Schicksål
jetzt so seinem Lauf,
so frisst mir der Schneck
mein Sålåt sicher auf!
Der bleibt jå a net
auf oan Häuptl gråd hocken,
der tuat mir höchstens
noch mehr Schneck'n aunlocken.

Då kemman daunn sicher
an Haufen kloane Schneckerl
die spiel'n im Sålåt
daunn mehr als Versteckerln,
då kaunn i mein guaten
Sålåt daunn vergess'n,
den haum die Schnecken
bis auf Steng'l o'gfressn.

Der Schneck bringt mich
g'scheit in Kamalitäten,
soll i jetzt eahm
oder mein Sålåt retten?

Auf oamol schießt's ein
und i håb a Idee,
i behalt mein Sålåt
und tua der Schneck'n net weh.

I setz jetzt den Schneck
weil i bin jå net fad,
in Nåchbars Gårten
auf den sein Salat!

Der Grandscherm

*I woaß net – wås mi jetzt gråd juckt
i kaunn Dich heut net leiden,
mir ist danåch – ja meiner Seel
heut' möcht' i mit Dir streiten.*

*Den gaunzen Tåg gehst Du mir schon
gehörig auf die Nerven,
i könnt Dir jetzt – vor lauter Gift
a Häferl nåchiwerfen.*

*I glaub' hålt, dass des g'scheiter wär'
Du måchst um mich an Bog'n,
sonst schnåpp i höchstens über
und das ist gewiß net g'logn!*

Mit mir alloa

I bin alloa, alloa bei mir
heut' mich selber nimmer g'spür',
s'aufraffa fållt mir furchtbår schwer
i wüll gaunz oahfåch nimmermehr,
möcht's gaunz finster und gaunz stü'll
mit mir alloan
selbst des ist fåst z'vül!

Über's Älter werden

Schaust in Spieagl in da Friah
schreckst dich aber glei als wia,
jå, mei liabe guate Frau
då schaut dich glått a Fremde au(n).

Des håst dir überhaupt net dåcht
ålt woarn bist über d'Nåcht,
es hift koa Crem' und koa Schmier
då kaunnst noch so schmiern als wia
und die mordstrumm Haufn Fålt'n
kaunnst dir jetzt a schon behålt'n,
deine Zähn'd haum a schon ehnre Tück'n
am meist'n sieacht ma då schon d'Lück'n.

Mit de Hoar ist's wia mit de Zähn'd
oans – x – ausfålln ist der Trend,
und der Rest vom dünnen Hoar
wird schon grau – des ist gaunz kloar.

Daunn kimmst drauf – dein Dopplgoda
håst eigentlich g'erbt vom Urgroßvoda,
der Damenbårt drauf wird z'erscht frisiert
und daunn ratzbutz o'rasiert.

I såg euch wås – tuats euch nix aun
an jedn triffts jå irgendwaunn
und a de Maunna sowiso
nur streitn de des meistens oh.

Weil de behauptn eklatant
sie wern mit de Joahr nur intressant.

G'wisse Tåg

Es gibt g'wisse Tåg
wo i mich selber net måg.
Då kimm i daunn drauf
i stehert am g'scheitern net auf,
koaner måchert mir's recht
ålles ist heute nur schlecht,
wås z'erscht schwarz woar ist weiß
und i rappel gråd z'fleiß.
Zum Schluß fühl i mich mies
weil's heut' so is(t) wie es is(t).

Reiß ma der Welt de Haxn aus

Reiß ma der Welt de Haxn aus
måch'n bunte Zuckerstangerl d'raus.

Möcht' leb'n, låcha, singa – schrei'n
spür'n im Herzen Sonnenschein,
so a bisserl åbzuheb'n
Glückseligkeit zu spür'n im Leb'n.

Es tuat sich weit der Himm'l auf
gibt a poar Glücksterndal a noch d'rauf,
heut gibt's oafåch nix zum Raunz'n
wüll voller Freud mi drahn und taunz'n.

Brauch' koan Reichtum, a koa Geld
möcht' umårmen die gaunze Welt,
g'spürs von de Zechn bis zu de Hoar
und des åll's für mich alloa?

Vielleicht – waunn i s'Glück multiplizier'
hupft's daunn umi a zu dir!

Solch' Momente – ach, wie wahr
sind nicht oft – doch sehr oft rar!

Hoffnung

I mâg mi nimmer rühr'n
kaunn mi selber net spür'n,
kaunn kaum steh' oder geh'
mir tuat åll's soviel weh.

I glaub', i fåll auseinaund'
so schwer trägt sich mein G'waund,
mâg koan Finger beweg'n
a net irgendwås red'n.

I gaunz hinnich heut bin
lieg' danieder, dahin,
in der kloan Zech'n pocht's Herz
bis in d'Hoar spür' i den Schmerz.

Mir geht's heute so mies
a grauslicher Tåg für mi is,
åber die Hoffnung besteht
dass ma morg'n wieder besser geht.

Wia geht's dir?

Waunn mich wer frågt
„wia geht es dir?"
So fråg i mich sofort –
wüll er's wirklich ehrlich wissen
oder ist's a leeres Wort.

Denn so meistens –
waunn man g'frågt wird
ist's rein nur aus Höflichkeit,
zwår recht nett – doch woaß ma
er wüll's net wiss'n in Wirklichkeit.

Oft täten schon –
so manche Leit
genau åll's wissen woll'n,
de brauchen wås zum Tråtsch'n –
då tua i mich verroll'n.

Manchmål triffst du hålt an Mensch'n
der sich für dich interessieren tuat,
då kaunnst daunn wirklich red'n
und fühlst dich nåchher a noch guat!

Die Bazill'n

I dazöbl dir wås – mei lieaber Freind
mi håt heut' a Bazill'n dareinnt,
husten und nies'n tua i in aner Tour
und Hålsweh håb i noch dazua.
Mei Kopf, der brummt die gaunze Zeit
und bei der Gelegenheit –
g'spür i heut a jedes Beindl
und Fieaber håb i a a weingl.
I woaß gaunz genau woher
i jetzt håb des blöde G'scher.
Der Nachbår, der wår so vermess'n
ist mir gegenüber g'sessn,
und des woar mir eh net wurscht
der håt ållerweil g'niast und g'burscht.
Wär g'scheiter i hätt's glei vermeidet
weil, der håt a Bazill'n mir umag'schleudert,
zum Ausweichen woar's schon z'spåt
des blöde Viech håt mi schon g'håbt.
Jetzt muaß i glått zum Doktor renna
und grausliche Tablett'n nehma.
Jetzt denk' i ernsthaft draun
wia i d'Bazill'n wieder loswer'n kaunn.
I suach ma wen – den i net måg,
dass i eahm aunhäng' daunn de Plåg,
den nieast i und den burscht i wås,
daunn wär d'Bazill'n i wieder los!

Oan Tåg laung

Oan Tåg laung
möcht' i mich g'sund fühl'n,
pudelwohl in meiner Haut
ohne dass mir wås weh tuat,
dass i dauermiad bin
und mich wia in mein eigenen Käfig fühl'.

I möchte' leicht sein wia a Feder
koa oanzig's Weh haum –
reinna kinna so wia früacher
mit meinem Körper
meine Gedaunken einfaunga,
und wissen –
das åll's an und in mein G'stell da ist,
aber –
dass ich's net g'spür.

G'sund sein– so wia früacher amol,
des wär' schön,
nur – des woaß i jetzt erst!

Aun der Leine

I fühl mi wie aun aner Leine –
manchmål håb i des G'fühl
i kunnt flieag'n bis in d'Unendlichkeit,
und då ist daunn oaner
der mi gaunz schnell –
z'ruckholt in d'Wirklichkeit!

Spuren von dir

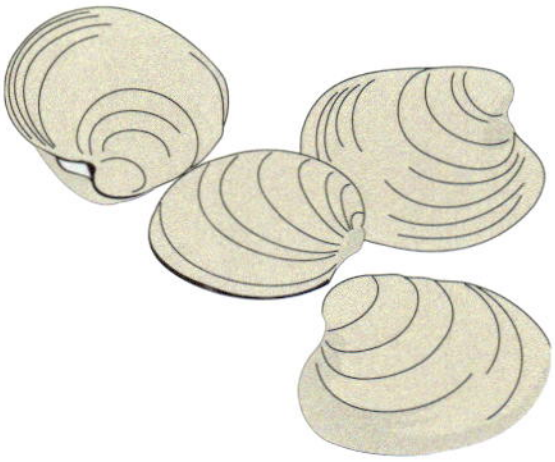

So laung ist's schon her
unser Sommer am Meer,
des Wåsser so blau
die sålzige Luft –
die Sunn auf der Haut
dein warm – süßer Duft.

Wir haum dåmåls g'moant
s'ist für d'Ewigkeit,
in Wåhrheit war's nur
a kloans Stückerl Zeit.

Doch spür' i in mir
noch immer Spuren von dir,
wia Schritte im Saund
auf an gaunz fernen Straund,
i brauch' dich net spür'n
kunnt dich nie wirklich verlier'n.

Trotzdem wünsch' i mir
dass diese Spuren von dir,
s'Meer und der Wind
irgendwaunn – mit sich nimmt!

Stress

Früher håt's des går net geb'n
und jetzt muaß ma damit leb'n.
Ob jung ob ålt – ob groß ob kloan
es wißt's sicher, was i moan,
a jeder sågt, es tuat mir leid
i håb leider a koa Zeit.

Es ist hålt wirklich woahr a G'scher
die Arbeit wird a ållaweil mehr,
früher is ma a gnua g'rennt
und håt des Wort „Streß" går net kennt.
Obwohl ma heut' stått an Hauf'n Plåg
jede Menge Maschinen zu der Arbeit håt,
es ist a Rätsel und viel mehr
wo kommt der gaunze Streß daunn her?

Die Experten rätseln h'rum
ist Streß guat oder bringt er uns um,
selbst uns're Kinder tuan sie damit g'frettn
ob in der Schul', beim Sport oder Internet – jett'n.
Obwohl's des Wort noch går net kennen sollten
haums an Streß, genau wia de Alten.
Jeder nimmt des Wort „Streß" gern in den Mund
aungeblich haben's sogar Kåtz' und Hund,
und waunn ma d'Pflaunzn net g'scheit gieaß'n
tuan mas a zum Streß bemiaßn.

I mecht euch såg'n, gebt's nur guat åcht
„Streß" ist oft a selberg'måcht,
es wär' guat, waunn ma net vergisst
wås im Leb'n wirklich wichtig ist.
Heutzutag' ist's soweit
es hot koaner wirklich Zeit.

Es tät guat, gaunz oft d'ran zu denken
Euch selber und Andern, Zeit zu schenken.

I bin i

I bin i –
so wia i bin,
mich zu ändern
kommt mir net in Sinn.
Solltest mi trotzdem ändern woll'n
i wird bestimmt nia –
wia mich die Aundern woll'n.
D'rum ist's g'scheiter
Du versuachst d'as net weiter,
mich zu ändern klappt net
dafür ist's sowieso –
schon längst z'spät!

I woaß, wås i wüll!

I woaß, wås i wü(ll)
wås i g'spür und a fühl,
håb ma g'holt wås i brauch
für mich ist's Richtige – auch.

I siach jetzt mein Weg
a waunn i net d'rüber red',
und es ist mei Såch
wås i jetzt daraus måch.

Då braucht koaner kemma
mir meine Tram nehma,
i gib's nimmer her
mei Herz wär' daunn leer.

I steh jetzt dazua
wüll nur mei Ruah,
brauch net euren Seg'n
kaunn so a recht guat leb'n.

I denk' mir a Welt

I denk' ma – in derer Welt
bin i oft g'fehlt,
manchmål drah i mi um und geh'
i kaunn oahfåch soviel net versteh.

Daunn denk i mir a Welt
so wias mir eb'n g'fållt,
voll neuche Ideen
guat für Alle zum Leb'n.

In meiner Welt
regierat sicher net s'Geld,
gaunz ob'n stand heut'
die Menschlichkeit.

Mein Traum wär hålt ållerweil
i wird amol munter,
meine Welt wär noch då
und d'Sunn ging niemåls mehr unter.

I wär' gern a Wolkerl

I wär' gern a Wolkerl
am Himmel hoch ob'n,
und rund um mi –
soll'n sich d'Sterndal austob'n.

I wär' gern a Wolkerl
so a watteweichs Bauscherl,
a Platzerl, wo d'Engerln –
so a wenig mauscheln.

I wär' gern a Wolkerl
des wos am Himmel schwebt,
und irgendwaunn –
gaunz stad, wieder vergeht.

Du brauchst Flüg'l

Du brauchst Flüg'l
um zu flieag'n,
und a den Mut
es zu probier'n.

Denn meistens tät ma so gern woll'n
und hört auf d'Aundern – wås ma soll'n.
Wås kunnt den ärger's Dir passiern
als amol auf die Nås'n z'flieagn?
Viel z'oft steht ma sich selbst im Weg
und daunn probiert ma's wieder net.

Irgendwaunn ist's daunn – endgültig z'spät!

I hob des G'fühl

I håb des G'fühl
i wüll viel z'viel –
i wüll so gern
euch des erklärn:

Für ålle Leut auf derer Welt
hätt' i so gern – na, ist net s'Geld,
i denk' - viel wichtiger für d'Leut,
wär' a bisserl mehr Gerechtigkeit.
Der Oahne schätzt heut' går nix mehr,
beim Aundern bleibt der Teller leer.

I hätt' hålt gern des G'fühl –
das i überhaupt net z'viel wüll.

Waunn's so war

Waunn's so war – wia i wüll
und waunn kam – wås i moan,
daunn wär s'Glück gaunz groß
und die Sorg'n gaunz kloan.

Doch es tuat net – wia i wüll
es kimmt aunders – åls i denk',
und es nutzt überhaupt nix
waunn i mi noch soviel kränk'.

Später daunn kimm i
hålt doch öfter drauf,
es ist guat – so wias woar
jede Stund' – jeder Tåg –
jedes Joahr.

Daboam ist daboam

Daboam ist für mi
wo i gaunz sein darf i,
wo's mi immer wieder hintreibt
und die Welt drauß'n bleibt.

I woaß mit zuag'måchte Aug'n
ohne zu schau'n
wo er ist – dieser Ort
wo mein Bett auf mi wårt'
es liegt in der Luft
der gaunz eig'ne Duft.

Waunn der Streß åbifällt
kaunn mi gern hab'n –
die gaunze Welt,
waunn i mei Tür zuamåch'n kaunn
krieagt mei Seel wieder Raum.
Då kaunn i mi verkräul'n
und oahfåch nur sein,
toa wås i wüll
weil då bin i am Ziel.

Waunn i aunkimm daboam
wird mir ums Herz bacherlwoarm,
denn es ist auch der Ort
wo viel Lieab auf mich wårt!

Über die Autorin

Elisabeth Hofbauer

Ist Hobbydichterin,
schreibt Gedichte in Hochdeutsch und Mundart,
sowie Kurzgeschichten,
hält Lesungen.

Im Mai 1955 in dem kleinen Dorf Jagenbach in NÖ
als Elisabeth Leutgeb geboren und aufgewachsen.
Volksschule in Jagenbach und Haushaltsschule
der geistlichen Schwestern in Zwettl.
Seit 1973 verheiratet und wohnhaft in Weitra NÖ.
Zwei erwachsene Söhne.
Tätigkeiten im Dienstleistungsbereich,
Führungen im Schloss Weitra.
Zuletzt in der Hauskrankenpflege beschäftigt.
Aus gesundheitlichen Gründen Rückzug aus dem
Berufsleben.
Seitdem Entdeckung neuer Dimensionen des
Schreibens.

Im Mai 2008 konnte sie den 1. Platz im Wettbewerb der Literaten (Literaturkarussell) für die
Region Waldviertel für sich entscheiden.

Bereits erschienen im Eigenverlag
im Sommer 2008:

„Schmetterlinge für die Seele"

Erhältlich unter der Tel.: 02856/2400